BALTHAZAR

伍藤暉之句集

Teruyuki Goto

ふらんす堂

自序

第二句集を「ＢＡＬＴＨＡＺＡＲ」と名付けよう。もちろんロベール・ブレッソンの映画「バルタザールどこへ行く」への目配せである。映画の「驢馬」のように私も死んでいく。最後は静かに目を閉じる。消えていく命の最後の想いは、ただただ妻への感謝の思いだ。

ありがとう。何度もありがとうと言いたい。

伍藤暉之

目次

自序
夏——7
秋——41
冬——61
春——91
辞世三句——129
あとがき
付記

BALTHAZAR

バルタザール

夏

はつ夏や信濃生まれの辞書数多

卯月来る海坂の照り返しつつ

畳む手をこぼれ膨らむ鯉のぼり

沙羅音や智者慧叡の夏夕べ

多島海の怪人馳せる走馬燈

仮死の空を束の間娶る朴の花

亡となく微となく現れて夜光虫

逃げ惑ふやうにも見える捕虫網

夏痩せや反り身で拝むカテドラル

掠れ筆とラストワルツと大揚羽

海の力を蒐めし館芥子の花

そら豆の冷え柔らかき宋磁皿

桐の花恩賜賞まであと数花

葉桜の声一様に疾風来る

敬礼のままの黒穂に囲まるる

桐の花テルミニ駅は朝だつた
人間がゐない楽器や蟬丸忌
人間の音を嫌ひぬ蝮さへも

螢火の火垂るるほどの悶えかな

ほうたるのぶつかりさうに闇縮む

辛崎の松にうそぶく毛虫かな

何ほどの五体投地やなめくじり

ハミングは瓜揉みの手を妨げず

風呂敷の結び目正し水羊羹

どくだみの香の迫り来て闇白む

「三千世界の鴉を殺し」昼寝覚

浮草のひとつと一葉動きけり

水に背を向けるは危険泥鰌汁

口唇と香魚を頒つ箸の揺れ

女王を女帝と呼ばぬバルコニー

ジェントリーの領域探しの灯取虫

庭師呼ぶ紅茶時間の夏館

端居してＥＵ離脱もテレビ事

鏡から鏡の視線慈悲心鳥

恐竜の化石を運ぶ走馬燈

トンネルの出口白めく夕立かな

ビッグ・ベン六月驟雨に光発す

カンタベリーの宙の針金夏痩せて

首太きヘンリー八世雲の峯

蜜豆で作る王冠紅茶のとき
倫敦の古牢は虹の真下かな
錯乱を宿す噴水スターン語る

騎士団の森にひつそり尺取虫

日傘してストーンヘンジを覆ひけり

百合の蕊を見つめ長考チェスの人

美しき塵紙のごとく花しょうぶ

迷宮を抜け来し貌の蜥蜴かな

葛切りの蜜の戦ぎにアインシュタイン

西鶴を贅沢に読む夏座敷

夕闇の蒼きかなしみ螢飛ぶ

噴水に触れて怯みし日差あり

いかづちも纏ひものなる摩天楼

宙目指す螺旋桃色捩り花

箱眼鏡刻を歪めてゐたりけり

塩蒸しのあわびのわさび客まかせ

二重虹を跨ぎ来りぬ有間皇子

蒲鉾道蚯蚓の出処進退とは

赤絵皿目高屋敷に売られけり

長椅子を泳ぎ昼寝の溺死体

蜘蛛の囲に刻澄みわたる真夜三時

蟻一匹やきものの美にたじろがず

目高追ふ目高・光追ふ目高

どくだみの白き光を目のあたり

黴の書を怖ぢたり終は恥ぢにけり

青嵐ごときに負けぬ青信号

浴衣の子浴衣の父を誇りとす

慎重に毛虫横切りぬ躙り口

外連味に徹する使命大毛虫

硝子這ふ裸にされし女郎蜘蛛

山百合や夕日の当たる司祭服

螢火に喪服の黒の点滅す

吉備の国藺草の尖きにご用心

血の音に酔ひて諤々蚊の夫婦

仰向けになれぬ生きもの箱眼鏡

菱の葉の犇めく池に菱咲きぬ

箱庭のあるじとなりて棲宿す

小判草同士触れ合ふこと多し

青柿と枝相敬し相抗す

冷房や睫毛一本戦けり

竪琴と網目メロンは同じ部屋

大西日怒りを込めて釘も抜け

多島海と名付けし学寮水着干す

玉虫の緑迸る麻酔針

玉虫の翅の硬さよ異国めき

水無月の金髪濃ゆき幼太子

修道院荒掠のあと草いきれ

首級獲る勢ひで捥ぐや大トマト

ガリ版の音なつかしや髪切虫

炎昼の名残りに酔へる素肌あり

合歓咲くや認知度テスト三十問

たましひのぬけぬけとある羽抜鶏

三度目の酒はアブサン晒井戸

薄ぎぬの紫蘇てんぷらの味良けれ

クレパスとトマトに誓ふ草田男忌

涙ぐむ泪隠しの晩夏光

秋

懸垂の子を急襲す秋落暉

七夕や貫入二条の白磁皿

鼻に近き蠟燭の火や長崎忌

真清水に爪透き通るパスカル忌

幼な草少し残せし展墓かな

花煙草佳人天寿を全うす

城へ向けて子ども佞武多は進むなり

台風のいづれ近づく杉の宮

母の忌の梨の甘さの澄み渡る

七回忌は葡萄にするか栗にするか
よく見えて見えず木の実の落ちるかな
ネフスキー通りを急ぐ夜学生

不知火に橋掛けて夜間飛行中

若やげる喪服の男露の玉

幻の蝶追ふごとく秋の水

八千草の中に湧きたる胡笛兵

堰越えてひとりとなりぬ秋の蝶

稲妻は蛇腹崩れとなりにけり

薄れゆく気層へ鹿の耳動く

茹玉子剝かれて良夜始まりぬ

束の間に雲過ぎりたる花野かな

天日の吹かれて迅し花すすき

蚯蚓鳴き塔が重なる虚空かな

ノーベル賞はノルマン仕立ての案山子ショー

蓑虫の企み宇宙の大転倒

食べるひと同士目くばせ炒り稲子

耳のある案山子うなだれゐたるなり

切り株につまづく快の苅田祭

月白のシベリア上空チェーホフ読む

果てしなき夜の到来乱れ萩

仮面剝かずに尾花の尻尾摑みけり

朝日から瑠璃に手渡し露の玉

成りものの増したる九月獺祭忌

鶺鴒の尾と石の間のヴィブラフォン

稲妻に泰然自若の涎れ牛

野分立つ帰化植物を吹き分けて

柿一果緑の絹に包みたる

柚子の香に暫し留まる盲導犬

ワレンシュタイン柿盗人即柿大将

真弓の実へすいとひとすぢ蜘蛛の糸

烏瓜の種くろぐろと偈を唱ふ

夕映えに日々重くなる烏瓜

檸檬絞るやうに小言も褒め言葉も

潮汐の音遠去かる十三夜

ぐみ渋く熟れて切腹日和なり

ランボーでない俳人の菊供養

愚かにも飲み方伝授温め酒

露草は憑かれし草よ青窮む

星月夜欧州航路の故人たち
汝が影も流れて行きぬ水の秋
ここよりは自由席なり草の絮

蓑虫を監視塔とし暮れ泥む

最後に死ぬ髭愛しむ秋湿り

冬

伸びる手の縮まる影や冬に入る

冷酷な水の指紋や冬来たる

煮凝やらふそく坂の下の夢

祖母二人銀を尽して冬座敷

芭蕉忌の一瞬の敵冬の蜂

巴里便り「兎を喰べて絵に励む」

一の酉待たずボエーム購ひにけり

風呂敷の折り目を正す一葉忌

東ゴートの興亡史購ふ三の酉

地下鉄の響きに匂ふ花ひひらぎ

小首傾けの蟷螂として枯れ始む

鯉稀れに身震ひしたり初時雨

御七夜の飴の飴色昏れにけり

貝殻もて水掬ひけり隙間風

音を追ふかに落葉踏む乳母車

くれなゐの混る祇園の霙かな

西さん、あ、東さん、魔の枯尾花

手袋の指の岐れに夕日差す

朝の光の匍匐遅々たり冬菜畑

模型空母へ冬蝶の影迫り来る

蒼茫の書をひもとけば冬雲雀

欠餅の醤油色や火事見舞

泰西の志士の髭濃し狐罠

火の如く噴水撫づる雪しまき

霜月や向きの乱れし雨の薔薇

酒壜の勁さ頼みの火事見舞

手抜かりもあり麗しの霜ばしら

義理ドバイ情ダマスクスふぐと汁

河豚鍋に豚児ら集ひパナマ夜話

快刀を隠さふべしや冬の蜂

大いなる柘榴残して苑枯るる

紺青の空いちまいと初ごほり

凍蝶にあめつちのなき日向かな

絨毯の縦横馳せし日馬富士

絨毯の荒野脱出ミニ戦車

絨毯に散る瑠璃・瑪瑙映画史とは

身すがらの光に籠もる檻の鷲

松葉蟹にほへる貨車の夜明けかな

天草の朱欒積まるる天主堂

起重機の音に舞ひけり冬の蝶

人参やローマの猫の名はカロータ

膝掛に紫衣あらずとも日向ぼこ

研師来て冬の曇天見上げたる

侘助の残る貸家を選ぶなり

人参の切り口香る冬至祭

コロナ風邪消音銃の韻を踏む

金屏の８１３てふ部屋で死ね

火事の前正義唱ふる人ばかり

雪降るや都市も自然の形相に
何もかも召さるる日までマスクして
明日あると思はば火照る夜の蜜柑

谷崎と障子の仁義陽が執り成す

くさめして夜が海めくモール街

冬空へ気合入れたり大鴉

マスクより睫毛が大事山手線

馬の耳を抓る勝者のクリスマス

薪小割する楽しみのクリスマス

窓過ぎる鳥金色にクリスマス

忘れじのメトロノームよ松飾る

熊楠忌蜜柑の皮に聖油撥ね

小晦日窓の小さい料理店

歩く冷えも走る寒さも寅彦忌

ひと待たぬ除夜の鐘あり鹿島灘

読初の「苦海浄土」は徒ならず

ベラスケスの騎馬像躍り初鴉

初髪や馬の出てくる女学館

伊勢海老に似たり落馬のもののふは

梯子乗り宙のさびしさ足裏より

「祖母」と書くか「ばあば」と書くかお年玉

睫毛濃き人形も待つお年玉

嫁が君をいつしか慕ふゆめぴりか

セリーヌを夜間飛行の読み初めに

去年今年空の窪みに銀の帯

宝冠の仮りのプリズムほとけのざ

にはとりの顎の悴かむ大鳥居

凍豆腐嚙みて吉野のみかど考

湧き初めし陽の眼差しや深雪晴

十字路の灯に風花のよみがへる

雪女郎スヴェルドロフの革服に
氷上を天翔けりたる雲の影
海峡や落下の続く雪しまき

阿夫利嶺は寒の礼服まとひける

大寒に顔殴られし倫敦児

春

立春や旧き電球あとひとつ

艶やかにすべる光や薄氷

畦焼く火ためらひ交し急ぎけり

春暖炉猫一瞥に静止せよ

世界魚の一閃恋猫昇天せり

校庭に糸遊アトムのラインダンス

馬刀貝の脆き脇腹実朝忌

白梅の風に抗ふギプスかな

掠れ字の紅梅スピリドノワ女史

梅散るやまこと小さき花刺繡

遠富士を確かめながら梅散りぬ

白梅の隙間いつぱい宇宙線

薫香の旅立ち梅を発しけり

茂吉忌の朝日近づく苗障子

犬ふぐりの数だけ光立ちにけり

洗礼も洗顔もなし春の猫

ペルシャ史の碧舞ひ降りぬ犬ふぐり

啓蟄や後ろ歩きの良きめまひ

沈丁花子爵の椅子は沈むなり

菫ほどの小さき群れと豪遊す

晃晃と春の竜虎もかしづけよ

光風は晃風を呼ぶ世紀なる

陽炎を出で立つ馬のプレスリー

残雪光国旗掲げて「休診中」

頃ほひの日輪の焦げつくしんぼ

狼森・笊森・盗森の水温む

引潮に耐へて留まる蜆舟

明るさへ明るき宙へ揚雲雀

椿の葉椿の花を照らしけり

陽炎に殴られつつある大天守

葉の無礼を詫びて俯くシクラメン

薬棚に蒐集パイプ鳥帰る

有史前の声放ちたる雪崩かな

みつまたの黄に噎せつつもつつがなし

朧月運河に落ちて仕舞ひけり

ハモニカで東風吹かせたる道化かな

人の眼の高さを保つ昼の虻

牛の尾の怒り空転虻の声

手榴弾の軽さを嗤ふ虻の声

光風や攫はれさうな修道女

利休忌や干潟に掛かる雲の影

絵本より押し花散りぬ春の宵

耕して土の温さを肯ひぬ

木の芽味噌みどり尽くして塗られけり

やすやすと吹かれてしまふ春の雲

摘草の岸に置きたる猫の籠
フランチェスコ一世の襟風光る
バリトンの人に追はるる春の夢

足うらを大はまぐりの巡るなり

陽炎に憑かれ貴婦人失踪す

はまぐりの金箔垂るる禿ろ筆

水の香の東風に抱かるる墓一基

撓ひつつ溢るるひかり石鹼玉

多羅の芽も五加木も在らず鳥の声

カレー店いまも存すかや春夕焼

細首の徳利が二本春の宵

何れ来る長さに悶え蛇出づる

伊賀越えの春あけぼのに追はれたり

立つと決めし一人静の芽生えかな

裏返る紙いちまいや風光る

引鶴へ海の広さの歪みけり

朧夜を億劫となす朧月

蜆取り蜆の国は崩壊へ

風景の闇に吸はるる夕椿

薙ぎ払ふほどの霞に襲はるる

朧夜のハミング吸ひの朧かな

潟仰の夜明けに眠るすみれ草

浅蜊の砂吐かせつつ墨磨りにけり

くれなゐは親の仇きと春の雪

待てといふ逆波ばかり大朝寝
勁光のいま天降りたる雪やなぎ
金色に濡れて剝がれし春あられ

人新世のむらさき溶ける春の空

多羅の芽の香りを告げて良き日なり

勾配の慧力いただき蔦若葉

羊の毛を刈ると巨大な茹で玉子

花守の爪立ち歩く虚子忌かな

遠足の列の撓みに鴉怒る

漉し餡の冷えて味濃し桃の花

逃水へ戻るがごとく駱駝進む

生き残る濃淡の快さくらしべ

公家像はおほかた坐して花かがり
落花とどまる水の呼吸の繁くして
ひとひらの落花さみしきバター皿

落花しばし命の瀬戸を嘲笑ふ

ひとり帯せむと柳眉や山桜

印度青年白衣に夕風孕みつつ

東京に暮らして桑の花知らず
夜汽車の窓開けて夜桜讃へけり
ここでしばし春日遊べる人麻呂忌

花菜畑蝶々夫人の抜け道あり

一斉に尾の弾けたる蝌蚪の陣

逃げ水に追はるる入線車輛かな

野遊びのふたりに迫るみどりかな

あらがふやうに流れるやうに蝌蚪の影

逃水と同じ速さに雲翔びぬ

種蒔きの指の知りたる微風かな

昼酒の不覚続きぬ夕ざくら

昇天や落花操る春あらし

弾き合ふ落花ふたひら虚空棲み

座席より松露の香りミラノ便

ベンチをば落花狼藉し尽くせり

風景を飽食したる江戸桜

蛤を摑む二指あり忠敬忌

省略は快楽に似て花吹雪

暮春はや稚魚に食はるる水の膜

辞世三句

二輪草の芽生えに妻と微笑むなり

二輪草の芽生えの濃さや妻の声

二輪草二輪になると妻と待つ

あとがき

私は、自分が最も愛する映画である「バルタザールどこへ行く」から、私のラスト句集の題名を付けることとした。「バルタザールどこへ行く」は映画史上最も美しく穏やかな作品であると思う。

今、（驢馬）バルタザールのように死んでいく自分が見えている。それが見えている自分も分かる。未練を持たず、名残をもって死んでいこう。

伍藤暉之

好きなもの

◆好きな国
ベトナム
キューバ
イタリア

◆好きな街
ローマ
ペテルスブルグ
北京

◆生きざまの好きな人物
マルクス
宮沢賢治
ナポレオン

◆好きな革命家
トロツキー
カストロ、ゲバラ
毛沢東

◆好きな絵画
ヴェラスケス「ラス・メニーナス」
ダ・ヴィンチ「モナ・リザ」
ボッティチェリ「プリマヴェーラ」

◆愛する人物
妻
子
孫

付　記

伍藤暉之は、昭和十五年三月に生まれ、令和四年一月、八十一歳で永眠した。学生時代に俳句への情熱を持ち、中村草田男の「萬緑」に参加、香西照雄に指導を受けたり、同じく中村草田男に師事している磯貝碧蹄館が幹事を務める「城北句会」に参加したりした。社会人となり、作句は中断していたが、五十歳を超えて、学生時代にもお世話になっていた磯貝碧蹄館が主宰する「握手」に参加し、本格的に作句を再開した。最後の原稿の裏には、「松尾芭蕉・中村草田男の句に強く魅かれ、磯貝碧蹄館の俳句姿勢に影響を受けた」「与謝蕪村、原石鼎、高野素十、松本たかしの句も何度も読む」と手書きされていた。父は死ぬ間際まで俳句を愛し、作句を続けていた。

　昨年春、自分の死期が近いことを知った父が、医者に話した言葉は心に残る。

「今の自分の日々の楽しみは、公園や庭に行き、身近な草花のうつろいを観ながら季節を感じること。それは、後どのぐらい出来るのでしょうか？」

父が残した茲数年の日誌を見ると、ニワゼキショウやアカツメクサの種を路肩に蒔いた記録が残っている。このように、逞しい野花を愛する父というのが家族にとってのイメージでもある。

その後、父は候補の句をまとめ始め、十年前の第一句集『ＰＡＩＳＡ』と同じく、愛する映画より名前を取った第二句集の題名と選んだ句を私に渡し、死後に発刊してほしいと託した。そして今年の一月には、改めてあとがきの内容と辞世三句を追加で渡してくれた。三十年以上前に、野山で出会い、庭に植えてから、毎年春に花をつけるニリンソウ。母・家族を愛し、また、逞しき野花を愛した父らしい句と感じている。

令和四年二月

長男　伍藤史彦

句集　BALTHAZAR　バルタザール
二〇二一年九月五日　初版発行
著　者——伍藤暉之　Teruyuki Goto
発行人——山岡喜美子
発行所——ふらんす堂
〒182-0002 東京都調布市仙川町一—一五—三八—二F
電　話——〇三（三三二六）九〇六一　FAX〇三（三三二六）六九一九
ホームページ　http://furansudo.com/　E-mail　info@furansudo.com
振　替——〇〇一七〇—一—一八四一七三
装　幀——和　兎
印刷所——日本ハイコム㈱
製本所——日本ハイコム㈱
定　価——本体二五〇〇円＋税
ISBN978-4-7814-1480-5　C0092　¥2500E